★2003年「好書大家讀」年度最佳少年兒童讀物獎

☆賴曉珍⊙著
☆吳知娟⊙圖

銀線星星

原點

（三版自序）

《銀線星星》是我的第一本童話集。一九九二年七月首次出版，原書名叫作《人魚小孩的初戀故事》，由聯經出版公司出版。當年我二十五歲，住在臺中老家。

十一年後，二〇〇三年五月，這本書再版，主編仍是桂文亞小姐，但轉為民生報出版。我刪掉原書中四篇童話，瘦身後的新書改了新氣象的書名《銀線星星》。當時我三十六歲，旅居紐西蘭。

從沒料到，有一天我會再回到故鄉臺中，回到自己生命與創作的起點。在世界繞了一大圈，以為在遙遠的彼處可以找到的人生意義和創作靈感，竟然還是得回到故鄉、回到自己本身去探尋。

今年，二〇一一年初，我領到期盼已久的開卷年度童書獎。為自己感到高興，二十年了，我還在自己喜歡的童書事業上堅持、打拚著，雖然，我曾當了許多年「逃兵」；我也感到遺憾，因為父親和母親都無法看到我領這個獎。或是，他們在天堂已經見到了？

接到《銀線星星》要重製、三度出版的消息時，我身心震盪，算來，這本書已經邁入它的第十九個年頭了，還能夠重現浩瀚的書海，與小讀者見面，何其幸運。我想，早年讀過《人魚小孩的初戀故事》的小朋友，或許有人已經當了年輕父母親，正養育著下一代，又要繼續讀我的童話吧！這本書如今又回到聯經出版公司，就像我的生命歷程，畫了一個圓，回到原點。

一位朋友開玩笑說，哇！二十年，這本書成「經典」了。我也笑笑。很開心自己當初選擇了當一位童書作家、為小朋友寫作，讓自己寫的故事陪伴他們長大，或許記憶一輩子。

接到書要再版的消息那夜，我做了一個夢：夢中自己大學剛畢業，成為一個上班族，傍晚父親去接我下班，我們走在寧靜的鄉間小路上，父親轉頭對我說：「這是我夢寐以求的時刻啊！」我開始哭，突然驚覺自己是在做夢，但仍放任淚水氾濫。我已經快到父親享盡天年的年紀了，但仍常常覺得，自己好像還是那個青春叛逆期沒有結束的女生。

僅以此書獻給我在天堂的父母親。謝謝你們，才有我。也謝謝生命中一直支持我的家人和朋友。

祝所有讀這本書的大小朋友們幸福快樂。

二〇一一年春天於臺中

幻想的城堡

（《人魚小孩的初戀故事》原書序）

小學六年，我都是搭著公車，從郊區到鄉下念書。我很羨慕那些每天排路隊上下學的同學們，他們放學後，總是一大群人高高興興的邊玩邊鬧著回家。有時我也會和他們一起排路隊，一直走到隊上的人愈來愈少，大家都陸續進家門後，我才搭車回家。

平常，一個人等公車和搭公車時，我都是靠著編織故事打發掉漫長的時間。

童年就是這樣，我喜歡和一大群朋友玩，但是有時候，也想祕密的躲在自己的幻想世界裡。那時，家附近有一條台糖運甘蔗的火車軌道，我常常沿著鐵軌一直走，幻想自己要到一個很遠的地方探險。或是躲在香蕉園裡，把那兒想像成自己的城堡。有一次，還把兩顆蛇蛋當成鳥蛋撿回家，差點嚇壞了家人。

那時，我有討厭睡午覺的習慣，總是覺得陽光下一定有什麼有趣的事等著我，如果不趕緊出去玩，一定很快就會天黑，玩不到了。

那麼快樂的童年，原本以為永遠都過不完的，但我還是糊里糊塗的在遊戲、幻想和看故事書中過去了。有時我會問自己：怎麼那麼快就變成一個二十幾歲的「大人」了呢？也許我曾經在中途睡了一場「午覺」，自己忘記了吧！

為小朋友們寫童話故事，是我從高中時就有的夢想。常常我將這個想法告訴別人時，得到的都是別人一副「做這種事實在太幼稚了」的表情。想想實在叫人洩氣。不過也許是我自己能力不足，也可能是因為個性有些懶惰，我只在大二時發表了〈快樂村的祕密〉，生平第一篇童話。往後的作品，都是大學畢業後才著手寫的。

完成一篇童話的過程既傷腦筋又充滿趣味。我常一邊寫，一邊不自覺的模擬故事中人物、自言自語對話著。而我也不斷問自己：「小朋友們需要什麼？他們害怕什麼？」這些都是我試著要表達的。當然，我仍覺得自己的作品不夠成熟，還需要更多的努力。期盼小朋友能為我提供一些他們讀後的意見。

一九九二年七月於臺中

目次

小熊與男孩

達達在放學回家的路上，經過一個藍色的垃圾桶。

「放我出去！放我出去！」垃圾桶裡傳出一陣細小的聲音。

達達好奇的打開垃圾桶，一看，裡頭有一隻小熊。小熊渾身髒兮兮的，鼻子上有一顆可愛的藍色星星。他笨手笨腳爬出垃圾桶。

達達問小熊：「你怎麼會在這裡？」

小熊說：「我以前和一個小男孩住在一起。有一天，他嫌我太髒太『舊』了，就把我丟進垃圾桶。」

「好可憐的小熊。」

小熊又說：「我沒有家了。你願不願意帶我回去，跟你住在一起？」

「啊！」達達嚇了一跳，說：「不行啦，雖然你長得很可愛，我也很喜歡你，可是媽媽不許我養寵物，她不會答應讓你留在家裡的。」

「你還沒問過你媽媽，怎麼知道她不會答應？」

「我就是知道。」達達說：「有一回，我抱一隻流浪小狗回家，媽媽說什麼都不肯留牠，最後還是讓鄰居收養了。」

「可是我跟小狗不一樣。」小熊不服氣的說：「我很乖，既不調皮搗蛋，也不隨地大小便，根本不會惹麻煩。」

達達著急的說：「唉呀，不行就是不行，我該回家了。請你找其他小朋友幫忙吧！」

說完，達達轉身往回家方向走。他每走一步路，小熊就跟著他走一步；他走到哪兒，小熊也跟到哪兒。

「你別一直跟著我嘛！」達達回頭對他說。

但是小熊繼續跟。

達達看見前頭有一家「甜蜜蜜」糖果鋪。他想：「我躲進糖果鋪裡，小熊見不到我，覺得沒意思了，或許就會走開。」

達達跑進糖果鋪，故意在裡頭東逛西晃，轉了好久，最後才咬著一支酸梅棒棒糖，慢條斯理走出來。

他走出糖果鋪店門，發現小熊還坐在門口等他。小熊的臉看起來非常寂寞。門外來來往往的人那麼多，但是大家好像都看不見小熊似的，沒有一個人理他。

達達其實很喜歡小熊。他看小熊孤零零的，覺得不忍心，於是說：「好吧！我帶你回家。」

「真的？謝謝你！」

達達帶小熊回家，幸好媽媽不在。他帶小熊到自己房間裡，找了一些有彩色圖畫的書本給他，說：「你乖乖躲在房裡看書，千萬別出去。否則媽媽回來看見你，一定會嚇一大跳，然後臭罵我一頓。」

「我不想躲起來。」小熊倔強的抗議：「你應該把我介紹給媽媽。我相信，她會讓我留下來。」

達達無可奈何的說：「好吧，我答應你。你真固執。」

媽媽回來時，達達告訴她：「媽媽，我今天遇到一隻被丟在垃圾桶裡的小熊。他沒有家，好可憐。我可不可以留他住在家裡？」

達達的話弄得媽媽莫名其妙。媽媽問：「是怎樣的小熊？我可以見見他嗎？」

「當然，他也想見妳，是一隻很可愛的小熊喔！」

達達帶媽媽到自己房裡。可是進屋一看，小熊不見了！原先他坐著的地板上，只有一隻又髒又舊的絨布熊。絨布熊鼻子上貼了一張藍色的星星貼紙。

達達覺得好奇怪。他想：「小熊怎麼變成這個模樣了？」

媽媽問：「你上哪兒撿來一個這麼髒的舊玩具？」

達達說：「不是撿來，是他自己『跟』我回來的。」

他把今天碰上小熊的事，從頭到尾說給媽媽聽。

媽媽覺得達達只是在開玩笑。她笑著說：「這個故事真有趣。如果這隻絨布熊真的沒有家，而你又那麼喜歡它，那就讓它留下來。不過，你得先幫它洗乾淨喔！」

達達點點頭，可是心裡卻不免嘀咕說：「大人們就是不喜歡相信小孩子說的話。」

不過，這隻絨布熊真的是剛剛那隻小熊變成的嗎？還是，剛剛那隻小熊是這隻絨布熊變的？

達達想了好久，卻怎麼也想不明白。

銀線星星

阿比和爸爸媽媽，住在一個名叫「真西奇」的海邊小鎮。那兒，有一個平坦又美麗的沙灘。沙灘上，有人造了一座秋千。阿比很喜歡盪秋千。有一天晚上，阿比睡不著覺，偷偷爬下床溜到沙灘上盪秋千。那晚天氣非常好，月亮又大又圓，星星又多又亮。

阿比常常想：「怎樣才能抓住一顆星星呢？」

他試著把秋千盪得很高，把手伸得很長，但還是連摸都摸不到星星。

阿比覺得有些洩氣。突然，奇蹟發生了：原先在他視線右上方的一顆星星，拖著一條長長的銀色尾巴，正急速的往地面掉落……

「流星！」

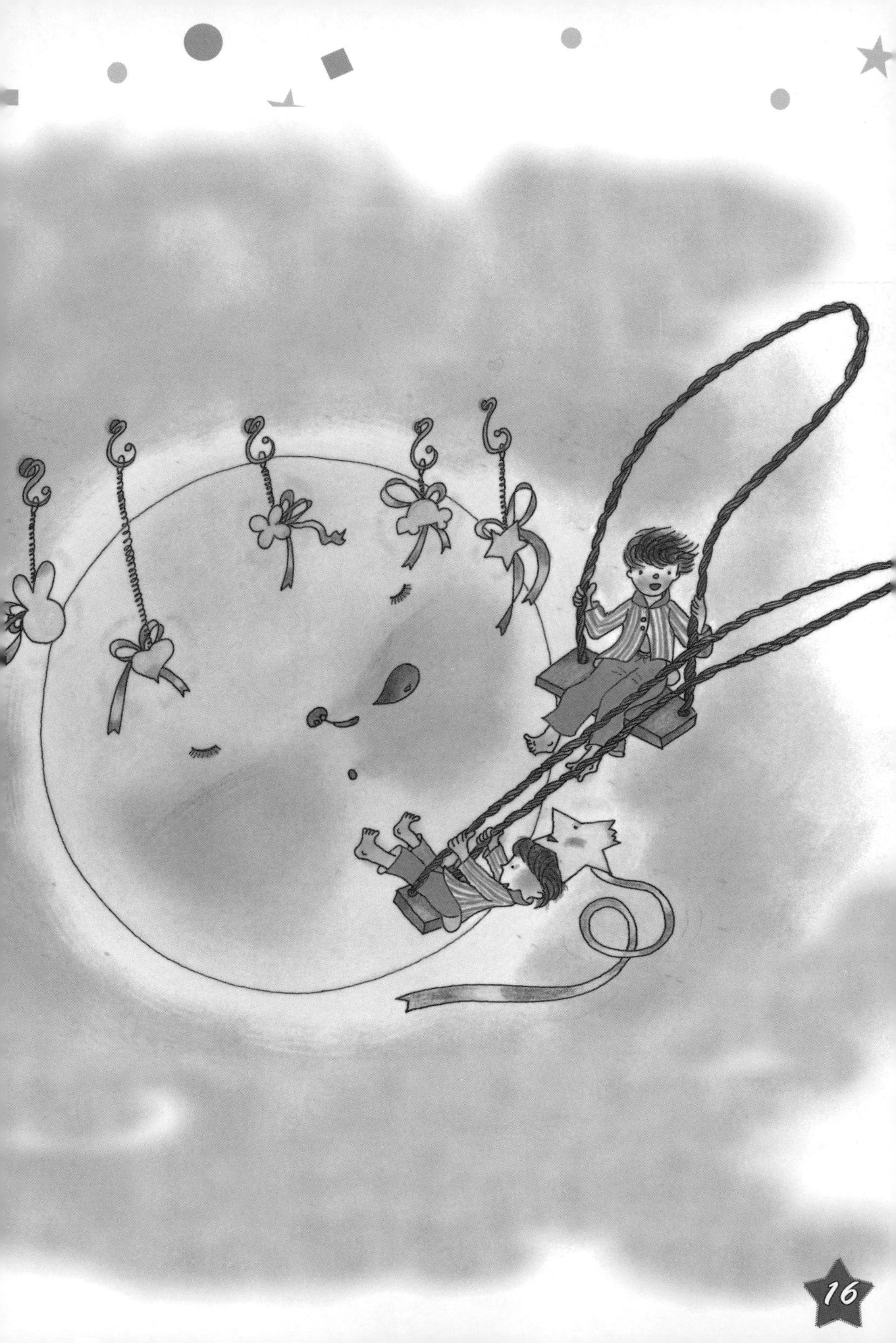

阿比跳下秋千，飛快的往星星落下的方向跑去。他跑了大約一公里，終於看見前方草叢裡有個閃閃發亮的東西。撿起來看，果真是一顆有五個稜角的星星。它是銀藍色的，大約有阿比的兩個手掌般大，樣子挺像放在聖誕樹頂端的那顆星星，只是身上多繫了條銀線。

「好痛喔！這裡是哪裡呀？」星星開口問阿比。

阿比從沒聽過星星說話，嚇了一大跳，答不出來。

星星不耐煩，再問一次：「喂，這裡到底是哪裡？」

「是『真西奇』鎮。」

「喔！」星星沒再說話。

阿比好奇問：「喂，你是流星嗎？」

「流星？」星星聽見阿比這麼說，似乎有點驚訝又有點生氣：「我才不是流星呢！我是一顆真正的星星。難道你不知道嗎？流星根本不是星星，它們只是一些土塊和岩塊假裝的冒牌貨。」

星星的嗓門非常大，它一激動，就控制不住自己的情緒，身上的光芒也閃爍得更厲害。

阿比不在乎星星生不生氣，他繼續問：「你身上這條銀線是做什麼用的？」

「這個呀，是用來將我們牢牢綁在天幕上的。」星星很高興有人關心它的事，所以口氣緩和多了。

但是阿比說：「我想這條銀線大概不牢靠吧，否則你怎麼會掉下來呢？」

「不能怪銀線啦！」星星急著解釋：「如果我遵守規定，乖乖別亂動，就不會掉下來。可是要人家一整晚不動，我覺得很難過嘛，所以總想找機會跳跳舞，或是轉轉圈兒。剛剛本來要翻筋斗，哪知道用力過猛，銀線被我扯開，我就咻的掉下來了。」

「那你現在怎麼辦？」阿比問。

「嗯，」星星想了一下說：「我想請你帶我回家。」

「帶你回家？可是，我又不會飛，怎麼帶你回去？」

星星不慌不忙說：「如果我沒記錯的話，這附近應該有一座秋千吧？」

原來，星星在天上是「千里眼」。

「是啊！」阿比回答。

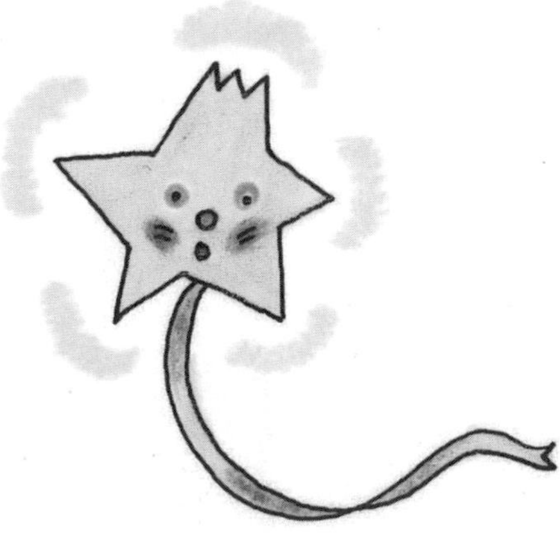

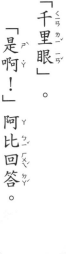

「你只要送我到秋千那兒，我自然有辦法讓你帶我回去。」

老實說，阿比心裡真捨不得送星星回去。他想：這麼亮的星星，晚上把它掛在房裡，可以當電燈用；至於白天，就把它藏在衣櫥裡，免得讓別人發現……可是，不是我的東西可以拿嗎？媽媽知道了會不會生氣……

阿比就這麼一邊走，一邊胡思亂想。直到星星提醒他，他們已經到秋千旁邊了，阿比才清醒過來。

「現在，我該怎麼做？」阿比問星星。

「你帶著我。我們去盪秋千！」

阿比想：「難道星星也喜歡盪秋千？」

雖然覺得奇怪，他還是帶著星星，坐上秋千，輕輕搖了起來。搖著搖著，阿比發現自己好像愈變愈高……喔不，應該說是秋千的兩根支架愈升愈高。原來，它們是靠著阿比搖盪秋千的力量升起來的。

「星星，這麼高我會害怕呀！」

「不用怕，有我幫你。你別停，繼續盪！」

秋千愈升愈高。慢慢的，他們穿過雲層（雲的味道有點像香草冰淇淋），抵達天邊。原來，夜晚的天空是用一大塊深藍色絨布鋪成的，上面還有許多深藍色的小鉤子。星星們被一條條粗細不同的銀線綁住，繫在這些小鉤子上。另外有一個最大最圓，呼呼打瞌睡的胖子，是月亮。

阿比發現天上星星的形狀，有的像火車，有的像飛機，有的像昆蟲，有的像動物，有的像尖塔，有的像皮球……有些摸起來像蛋糕一樣鬆軟，有些像烈火般燙，有些像冰塊般冷，甚至有些還會發出玫瑰花香味……它們的模樣雖然不同，卻有一個共同特點——身上都會發出一閃一閃的銀藍色，或是銀黃色光芒。

「星星，為什麼它們的樣子跟你不一樣？」阿比問手上的星星。

「本來就不一樣啊！誰告訴你，星星一定都是長著五個稜角形狀的？」

阿比想：「真有趣，我從地面看它們時，覺得它們全部都是同一個模樣。沒想到，事實不是這樣子。」

「喂，你別發呆，快找個鉤子，把我的銀線綁在上頭吧！」星星不耐煩的催促。

阿比提起星星的銀線，將它又緊又牢的繫在一個鉤子上。

「嗯，夠牢的了。不信你動動看，絕對不會掉下來的。」阿比向星星保證。

「謝謝你呀！」星星終於開心笑了。

阿比問它：「你已經回家了，那我現在怎麼回去呢？」

星星說：「別擔心，你只要閉上眼睛，我會安全送你回到地面。」

阿比閉上眼睛，只聽見耳旁呼呼猛烈的風聲，秋千像升降機急速落下。

他害怕得緊抓住秋千繩子，動都不敢亂動。直到風聲漸漸平息，秋千也不再晃動，他偷偷睜開眼睛，發現自己已經回到沙灘上了。

「呼，真可怕！」阿比跳下秋千、喘了一口氣說：「下回如果星星又掉下來，我一定要請它想想其他回家的方法。」

高空上的星星，調皮的對阿比眨了個眼，不過阿比並沒有發現。

回憶的結婚禮服

彩虹村的阿雄是一位了不起的裁縫師，村裡的居民最喜歡找他訂製衣服。他們說：「阿雄做的衣服合身，式樣又好看。他的功夫別人比不上！」阿雄縫製的衣服，一直是彩虹村民津津樂道的話題。

但是這陣子，他的店門口掛出「暫停營業」的牌子。這究竟是怎麼回事？

原來，阿雄的女朋友小春答應他的求婚。阿雄實在太高興了，決定偷偷幫小春設計一套最美麗的結婚禮服，給她一個驚喜。這些天來他躲在家裡，絞盡腦汁，終於畫出一張完全不一樣的結婚禮服設計圖。

設計圖畫好後，阿雄想：「這麼與眾不同的禮服，一定要用世界上最好的布料來縫製。這樣的布料，彩虹村裡沒有，我得到外地去找。」

於是，他告訴小春：「我有一些事，必須去外地處理。妳放心，三個月內我一定會回來，如期舉行我們的婚禮。」

小春說：「你有事儘管去忙吧！我也有自己的事，你不必擔心。」

阿雄離開了彩虹村。他到外地，走訪大大小小的布莊，也參觀了各式各樣的織布工廠，但都找不到滿意的布料。

「這些布都太稀鬆平常了，我要的，是一種從沒見過的好布料。」阿雄心裡想。

為了尋找心目中的理想布料，阿雄不知不覺已經離家很遠了。

有一天，他來到一座大森林。森林裡，有一條奇怪的河，河水是彩色的，有紅、黃、藍、綠、紫、白、黑、金、褐、橙……甚至還有許多讓人叫不出名字的顏色。它們像紗、像霧，又像夢，美麗極了。

阿雄被這條河流深深吸引。他沿河往下游走，在河水的盡頭，看見一座古老卻堅實的水車房。

阿雄忍不住好奇，敲了敲水車房門。開門出來的，是一個滿臉皺紋，但是眼中充滿光芒、和藹可親的老婆婆。

「有什麼事嗎？年輕人。」老婆婆問。

「婆婆，冒昧打擾您。」阿雄說：「我路過這裡，看見這條河的河水很奇怪，想請問您，這究竟是什麼河？」

「這啊，」老婆婆笑著說：「是一條『回憶之河』。」

「回憶之河？」

「是的。」老婆婆接著說：「你既然來到這兒，就表示與我有緣，我也不瞞你了。事實上，我是『時間婆婆』，這條河歸我管理。你別小看這條河喔，這裡頭不是普通河水，而是世界上每一個人的『回憶』。」

「回憶？」阿雄更糊塗了。他問時間婆婆：「這裡頭的河水……喔不，是『回憶』，為什麼有五彩繽紛的顏色呢？」

「因為回憶不同，顏色就不同呀！」時間婆婆耐心解釋說：「比方說，快樂的回憶是紅色，傷心的回憶是藍色，希望的回憶是橙色，痛苦的回憶是黑色，戀愛的回憶是粉紅色，失戀的回憶是綠色，恐懼的回憶是灰色，發財的回憶是金色……總之，人類的回憶種類太多，河水的顏色才會那麼多變化。」

「這麼說來，我的回憶也在河裡囉？」阿雄又問。

「當然，你的回憶也在河裡。不過它們還沒流到下游，而是在上方遠一點的地方。」時間婆婆對阿雄說：「來，我帶你去看樣東西。」

她帶阿雄去看水車房的水車，說：「一個人從出生到死亡，『回憶』會累積愈來愈多，它們慢慢的從河上游流到下游。當人的生命結束，屬於他的『回憶』不會再留在河裡了，而是經過盡頭的大水車，轉到另外一邊去……」

「另一邊？那邊也有條河嗎？」阿雄問。

「不，不是河。」時間婆婆帶阿雄到水車後頭看看。

原來，經過水車的「回憶」河水，像變魔術似的，成了一匹匹柔軟、又帶著彩色光澤的布。那布真是太美，太漂亮了。阿雄形容不出那是怎樣的顏色，也辨認不出那是怎樣的材質，總之，這布任誰看了都會喜歡，都會感動得說不出話。

「真……真美！」阿雄聲音顫抖著說。

「美雖美，卻沒有什麼用處。」時間婆婆說：「這些布，只能存在人間一個星期的時間。一個星期後，它們自然會像煙霧般，消失在空氣中。」

「真可惜。」阿雄覺得有些惋惜。看著這麼美麗的布，阿雄沉思很久，忍不住對時間婆婆說：「婆婆，我想拜託您一件事。」

「什麼事？」

阿雄說：「我這趟出門，是要為我的未婚妻找結婚禮服的布料。我尋找很久，發現沒有比『回憶』的河水織成的布更美的了。我願意付任何價錢，只希望婆婆能賣我一匹布。」

「可是，這些布只有一星期的『壽命』，你不在乎嗎？」時間婆婆問。

「不在乎。」阿雄說：「只要能帶給小春最快樂的回憶，付出什麼都是值得的。」

時間婆婆忍不住笑了：「你既然都不在乎，我當然也不介意免費送你一些布囉！」

她挑了一匹色彩最鮮豔，同時也是最「新鮮」的布，送給阿雄。

「快回去吧，這些布可耐不住長時間的折騰。」時間婆婆說。

阿雄帶著這項珍貴的禮物，跟時間婆婆道別，馬不停蹄趕回彩虹村。回家後，他日夜趕工，花了三天三夜時間，終於完成了一件最美麗的結婚禮服。剩餘的布料，他還幫小春縫製出頭紗和手套。

阿雄帶著結婚禮服去找小春。你該看看，小春當時那既驚訝又興奮的表情。

「阿雄，原來你一直忙著為我縫製結婚禮服啊？我好幸福！」小春感動的說。

第二天，他們在村裡舉行結婚典禮。小春穿的結婚禮服，引起全村居民的騷動與讚嘆。

「這是我見過最美的結婚禮服。聽說，阿雄為了尋找那塊布料，幾乎踏遍了全世界。」

也有人稱讚小春：「小春是個好女孩。她答應阿雄的求婚後，偷偷找了師傅學裁縫，一心想當阿雄的好幫手呢！」

這套美麗的結婚禮服，在婚禮舉行後不久，就像煙霧般消失得無影無蹤。但它不是就此消失了，而是在變成阿雄跟小春一輩子最美麗的回憶後，重新回到「回憶之河」。

你猜，那樣的「回憶」河水，會是什麼樣的顏色呢？

味道怎麼樣

小毛蟲阿綠和哥哥姊姊們住在一棵橘子樹上。這棵橘子樹的樹葉非常好吃，阿綠每天總是不停的吃啊吃……

有一天，阿綠早餐一口氣就吃下八大片葉子。吃飽以後，他和哥哥聊天。他問哥哥：「其他樹的葉子吃起來味道怎麼樣啊？」

哥哥說：「我不知道，因為從來沒嚐過。」

好奇的阿綠說：「我去嚐嚐看，等吃過了再告訴你們答案。」

「好哇，阿綠真勇敢。」

阿綠在大家的鼓勵聲中，身體一屈一伸的慢慢爬下橘子樹，然後又爬到草地上。

他爬到半途，遇見一隻螽斯正在吃早餐。螽斯先生問阿綠要去哪兒？阿綠回答：「我想去嚐嚐其他樹的葉子味道如何。」

螽斯先生說：「樹葉子有什麼好吃的，我覺得這些青草嫩芽才美味呢！不信你嚐嚐看。」

阿綠嚐了一口青草嫩芽，唉唷！味道難吃死了。不過他還是有禮貌的對螽斯先生說：「謝謝你的招待。我還是繼續趕路吧！」

阿綠正想走時，空中忽然衝下一隻兇巴巴的鳥兒，他張著尖尖的嘴，打算一口吃下螽斯先生，嚇得螽斯先生連忙躲進草叢裡。

阿綠覺得鳥兒實在可惡，他不知哪裡來的勇氣，立刻翹起前半身示威抗議……

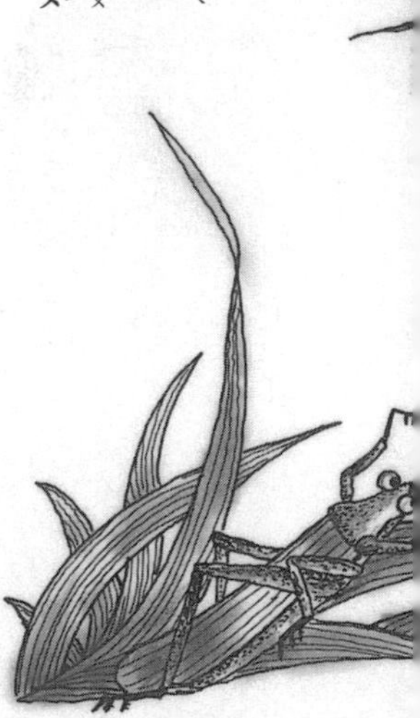

「唉唷，哪兒來的醜八怪！」鳥兒看見毛蟲的醜模樣，竟然嚇跑了。

鳥兒飛走後，螽斯先生從草叢裡探出頭來，感激的說：「謝謝你呀，毛蟲小弟弟。」

「不客氣。」阿綠說：「我不對付他，難保他不會也吃掉我呢！」

阿綠繼續趕路。爬了不久，他看見一棵長得還算「順眼」的大樹，這時，他肚子也餓了，迫不及待就爬上樹，大口大口吃起樹葉來。

「嗯，味道真好。」阿綠愈吃愈高興。吃飽以後，他才注意到自己以前住的那棵樹，就在附近不遠的地方。他大聲喊哥哥姊姊們：「喂，我吃到這棵樹的葉子了，味道很不錯。就是，跟以前那棵樹的味道還滿像的。」

阿綠的叫嚷聲驚動了附近的一隻老蝸牛。老蝸牛哈哈大笑說：「小傻瓜，味道當然像囉！這裡是橘子園，裡頭種的全部是橘子樹啊！」

聽見老蝸牛的話，阿綠很不好意思，不過他馬上又跟自己說：「還好這也是一棵橘子樹。我相信，橘子樹葉一定是全世界最好吃的葉子，所以，媽媽才會讓我們誕生在這裡。」

阿綠吃飽了，想安安穩穩睡個午覺。等睡醒後，他還要繼續吃。有一天時間到了，他就會像媽媽一樣，變成一隻美麗的黑尾鳳蝶呢！

不能開花的鳳凰木

從前，有一棵高大的鳳凰木。這棵鳳凰木生長在鄉間的小路上。她的枝幹非常粗壯，葉子卻像羽毛似的輕柔。

每年夏天，鳳凰木會開出燦爛奪目的花朵。這些花，是她最大的驕傲。秋天，鳳凰花凋謝，樹上結滿一條條長彎刀模樣的豆莢。冬天，豆莢和葉子落光，鳳凰木得睡一場長覺，一直到第二年春天醒來，新的嫩葉才會再長出來。

鳳凰木遵守四季的變化，從來就不想有任何改變。她喜歡安定的生活，而且認為自己一生都將這樣無憂無慮的過下去。

有一年夏天，鳳凰木如同往年，開著火焰般耀眼的鳳凰花。天氣晴朗時，她的好朋友小鳥和知了，會在樹上盡情歌唱。而樹下的小朋友們，不是玩遊戲，就是開心的撿拾落下的鳳凰花瓣，將它夾在心愛的書本裡。

夏天的天氣，說變就變。天神爺爺有時會發脾氣，不高興的刮刮風、下下雨，甚至朝地面拋下一把把金鐮刀作成的閃電，發出轟隆隆的雷聲。很不巧的，一個暴風雨的晚上，天神爺爺的金鐮刀擊中了可憐的鳳凰木，鳳凰木疼得「唉唷！」大叫，枝幹已經被劈去一大半。

第二天，大家發現鳳凰木半邊燒焦、半邊的花朵葉片掉落滿地，整棵樹光禿禿的，好像死了一般。

過往的人們惋惜的說：「真可惜，這麼美的一棵樹死了。」

但是小鳥和知了不這麼認為。他們緊貼在鳳凰木僅剩餘的半棵樹幹上，仔細聽，可以聽見她微弱的氣息聲。

知了說：「鳳凰木只是暫時被雷電擊昏而已。」

小鳥說：「嗯，她一定會醒過來的。」

果然，經過漫長的休養，到了冬天，鳳凰木漸漸的甦醒了。她不知道自己已經睡了很久，以為現在還是夏天，鳳凰木剩餘的半棵枝幹上，長出了翠綠、可愛的嫩芽。

人們瞧見驚訝的說：「原來這棵樹還活著呢！」

「是啊，不過現在是冬天，她怎麼長出綠葉子啦？」

鳳凰木聽見人們的談話，才知道現在是冬天。「難怪天氣這麼冷，而且，見不到小鳥跟知了們。」她喃喃自語。

既然已經醒來了，鳳凰木再也睡不著，只好獨自熬過漫長的冬天。春天一到，小鳥朋友才回來拜訪她。

夏天以前，大家都沒看出事情有哪裡不對勁。但是夏天一到，大家才發現，鳳凰木今年怎麼不開花了？

一隻知了著急的問鳳凰木：「鳳凰木，夏天到了，妳為什麼不開花呢？」

鳳凰木無可奈何的說：「我自己也不知道原因。我已經試過很多次了，但是根本開不了花。」

「妳也許太緊張啦！放鬆心情，再試一次嘛！」知了鼓勵她。

「好，我再試試。」鳳凰木深呼吸一口氣，挺直樹幹，伸長所有的枝葉，輕輕抖了抖。可是枝幹上只冒出幾個新芽，連個小小的花苞都沒有。

「不行，我做不到。」鳳凰木沮喪的說。

知了安慰她：「不要難過，妳或許只是暫時忘記了開花的方法。小鳥們常常在外頭旅行，他們見多識廣，或許有辦法幫妳。」

知了大聲呼喊附近一隻黃尾巴的小鳥：「喂，黃尾巴小鳥，你過來一下。」

黃尾巴小鳥正在枝頭上玩一顆黑色的小籽籽，被知了一叫，嚇一大跳，尖嘴沒接到，小籽籽滾落地面不見了。

「吵什麼嘛，嚇我一跳。」黃尾巴小鳥氣沖沖飛過來理論。

「對不起啦！」知了解釋說：「因為鳳凰木忘了開花的方法，我想請問你，你知道怎樣才能讓她開花嗎？」

「開花？」黃尾巴小鳥眨眨眼睛，歪著頭想了一下說：「我怎麼會懂這個！不過，我知道附近有一座美麗的玫瑰園，我去問問玫瑰花，她們一定曉得的。」

說完，黃尾巴小鳥飛到玫瑰園，找了一株開得最嬌豔的紅玫瑰問說：「親愛的紅玫瑰，妳長得這麼美。請問妳是怎樣學會開花的？」

「不用學啊！」紅玫瑰笑咪咪說：「陽光這麼溫暖，露水這麼甜美，風兒這麼輕柔，我的心情很好，自然就開出漂亮的花來了。」

「原來這麼簡單啊，謝謝妳！」

小鳥飛回去把這件事告訴鳳凰木和知了。他還託同伴去請陽光來照，風兒來吹，還請露水來玩，但是一段日子過去了，鳳凰木依然沒有開花。

鳳凰木洩氣的說：「不行，我的腦袋裡好像有一個大洞，這個大洞讓我失去了開花的能力。」

知了偷偷跟黃尾巴小鳥說：「怎麼辦呢？鳳凰木很愛她的花，如果再也不能開花，她一定傷心死了。」

黃尾巴小鳥想想，轉身對鳳凰木說：「妳不要這麼悲觀嘛！對了，我有一位遠親啄木鳥，專門幫樹治病，醫術非常高明。我請他來幫妳看看吧！」

小鳥飛到森林裡，找了啄木鳥來幫忙。啄木鳥醫生雖然個性急躁，但是心地非常好。

他用尖嘴在鳳凰木的枝幹上東敲敲、西啄啄，還拿聽診器到處聽了聽，一副表情凝重，很傷腦筋的模樣。

「沒辦法啦！」他用專家的語氣沉痛的說：「這種病無法醫治的。」

「無法醫治？」大家都很驚訝。

「是的，再也不能開花了。」

「我不信！」鳳凰木情緒激動的說：「一定是哪裡弄錯了。」

「你竟然不相信名醫的診斷！」啄木鳥生氣的說：「這是電擊造成的特殊疾病，一千零一年才發生一次的。」

鳳凰木難過得說不出話。她想起那些美好的夏天，蜜蜂蝴蝶來拜訪，還有樹下撿花瓣的小朋友們……但是現在，醫生竟然宣布她再也不能開花了。

啄木鳥很後悔自己心急口快，講話太重，傷了鳳凰木的心。他轉過身，輕聲囑咐小鳥和知了們說：「『病人』現在的情緒低落，你們要想辦法安慰她，一定要讓她開心起來。」

啄木鳥對鳳凰木說：「很抱歉，這個病我無能為力。有空，我會再來看妳。」說完，他銜起醫藥箱的帶子，沒有接受鳳凰木的道謝，就飛回森林去。

往後幾天，鳳凰木一直無精打采的。

小鳥說：「鳳凰木，我們唱歌給妳聽。」

鳳凰木回答：「謝謝你們，可惜我沒有心情欣賞。」

有一隻藍翅膀的小鳥，平時最喜歡搞笑了，他故意在樹枝上跌一跤，想逗鳳凰木開心。可惜鳳凰木根本沒注意，他只好無趣的拍拍屁股站起來。

知了說：「鳳凰木妳別難過了。雖然少了花朵的襯托，但是妳的葉子綠油油的，說有多漂亮就有多漂亮呢！」

「你別拿我開心了。」鳳凰木看看自己焦黑的半邊樹幹說：「我現在這個模樣，怎麼可能會漂亮呢？」

「妳真的很漂亮。」大家異口同聲說。

這時，剛好有位年輕畫家經過。他第一眼看見鳳凰木，就被她深深吸引。年輕畫家禁不住讚嘆說：「這棵樹真美呀，她的枝幹雖然燒焦了一半，但是另一半卻依然長出綠油油的葉子，多像一位英勇的女武士。」

畫家立刻拿出畫具，為鳳凰木作了許多畫。他邊畫邊稱讚：「這棵樹太特別、太漂亮了，我要拿這些畫去參加美展比賽。」

知了得意的對鳳凰木說：「妳看吧，『專家』的眼光和我們一樣。」

鳳凰木很高興，顯得有點不好意思。

愛搞笑的藍翅膀小鳥，又故意在樹枝上顛顛倒倒、假裝喝醉酒的模樣。這回，鳳凰木看到了，她笑得眼淚都快流出來。

鳳凰木想：「大家那麼關心我，我不該再垂頭喪氣了。但是，沒有花朵的生活，總讓我覺得缺少了什麼。」

幾天後，鳳凰木偶然發現身旁長出了一棵小小的牽牛花。

「這棵牽牛花怎麼會出現在這兒？」鳳凰木怎麼想都不明白。

事實上，這棵牽牛花是當初黃尾巴小鳥玩丟的小籽籽、發芽長成的。不過，這件事大家都不知道，連黃尾巴小鳥自己也忘了。

鳳凰木看看牽牛花，覺得她小小、心臟形的葉子真可愛，只是身子太單薄一點。

她對牽牛花說：「小傢伙，把妳的細莖纏在我的粗幹上，讓我保護妳。」

「謝謝妳。」牽牛花感激的說。

風來了，雨來了，牽牛花因為攀附在強壯的鳳凰木身上，根本不怕被風吹斷，也不怕被雨淋壞。

牽牛花長得很快，沒過多少日子，她就爬滿了鳳凰木整個枝頭，長出許

多小小的花苞。一天清晨，微風吹來，「啪！」開出許多淺紫色花朵。從遠方看去，好像整棵樹掛滿了淺紫色鈴鐺。

路過的人都忍不住駐足欣賞：「哇！這花景真壯觀。」、「是啊！真美，真漂亮。」

「妳聽，人們在稱讚妳的花呢！」鳳凰木對牽牛花說。

「不，是『我們』的花。」牽牛花回答。

牽牛花在這兒也住了一段時間，很多事她愈來愈清楚。當她聽說了鳳凰木再也不能開花時，就暗自在心底下了一個決定。

她很誠懇的告訴鳳凰木：「既然我們長在一起，這些花就是我們共同擁有的花。我這麼說，妳不介意吧？」

「說什麼介意呢！」鳳凰木激動的回答：「事實上，我太……太高興了！」

有了「花」以後，鳳凰木恢復了往日的自信與快樂。小鳥與知了特地為她和牽牛花、開了三天三夜的演唱會祝賀。這場盛會，連啄木鳥醫生都遠道來參加。

鳳凰木不斷向大家道謝。她說：「原本，我以為自己再也不會有花朵圍繞。沒想到，我現在不但有花了，而且還是其他鳳凰木開不出的淺紫色花呢！」

黃尾巴小鳥說：「我早就知道鳳凰木吉『樹』天相，事情不會永遠那麼糟糕的。」

「還說呢！」知了取笑他：「不知道是誰？前陣子為了鳳凰木的事老哭得兩眼通紅。」

「你才是，一天到晚嘆氣，煩死啦！」黃尾巴小鳥不服氣的回嘴。

鳳凰木覺得心口暖暖的、滿滿的。究竟是什麼使她覺得既溫暖又滿足，答案她講不清楚。她只知道現在的自己，好想用全部的枝葉，將每個朋友緊緊的擁抱，永遠永遠不分離……

漫畫熊

有一位漫畫家，非常喜歡一隻漫畫熊。他以這隻漫畫熊為主角，畫了許多連環圖畫，連載在一家很受歡迎的兒童報紙上。

有一天，漫畫家心血來潮，攤開一張很大的圖畫紙，打算畫「漫畫熊上學記」。他拿起鉛筆，先畫兩隻小小的耳朵，然後是頭、眼睛、鼻子、嘴巴……漫畫熊穿著整齊的小襯衫和小短褲，肩上背著一只小書包，腳上穿著短襪和皮鞋，一副很開心要上學的模樣。

漫畫家畫好輪廓，正想拿顏料上色，突然聽見一陣細小的聲音說：「我不想上學！我要做自己喜歡的事。」

漫畫家嚇一跳，抬起頭四處看看——周圍一個人也沒有。

這時，聲音又傳來：「請幫我換一套可愛的遊戲服。」漫畫家仔細瞧，原來，是圖畫紙上的漫畫熊在說話。

「這是怎麼回事？」漫畫家敲敲自己的腦袋：「怪事發生啦！你為什麼不想上學呢？」

「因為，每一次我都是照著你的『命令』做事，實在不公平。」漫畫熊不服氣的說：「你應該放我一天假。今天什麼事都由我自己做決定。」

「好吧，就聽你的，我幫你換上遊戲服。」漫畫家拿橡皮擦擦掉小襯衫、小短褲、小書包和皮鞋，重新畫上圓領衫、休閒短褲、鴨舌帽和運動鞋。

才剛畫好，漫畫熊又說：「順便幫我畫一根釣竿和一個提桶，今天我想去釣魚。」

於是，漫畫家又畫了一根釣竿和一個提桶。

「準備上色啦！」漫畫家拿出藍色顏料，想幫圓領衫塗上顏色。

「我不喜歡這個顏色！」漫畫熊又有意見：「請幫我塗上黃色。」

「好吧，全聽你的。」漫畫家依著漫畫熊的意思，將圓領衫塗上黃色，短褲塗上藍色，鴨舌帽塗上橙色，運動鞋塗上紫色，釣竿和提桶則塗上紅色。

「身體想要什麼顏色？」漫畫家問。

「粉紅色。」

「天啊！」漫畫家心裡不以為然的想：「漫畫熊對色彩的品味真糟糕。」

顏色上好了，漫畫熊開心的說：「好啦，我要出門玩了。」說完，他抓起釣竿和提桶，跳下圖畫紙，從門縫溜了出去。

「哎呀，你別亂跑。快回來啊！」漫畫家急急追出門外，發現漫畫熊早已不見蹤影。

他想：「漫畫熊拿著釣竿和提桶，會上哪兒去呢？」

這時候，巷子口釣魚用品店的老闆大喊：「捉小偷啊！有個奇怪的粉紅色身影，偷走了我一罐魚餌。」

漫畫家急忙跑上前問：「他往哪個方向去了？」

釣魚用品店老闆指著森林的方向。漫畫家匆匆丟給他一罐魚餌的錢，急著朝森林方向追。

途中他遇見森林管理員，趕緊上前問道：「請問，你有沒有看見一隻粉紅色、大約五十公分高的漫畫熊？」

「粉紅色的熊？」森林管理員很不高興的說：「先生，你是不是喝醉啦？」

漫畫家搖搖頭，繼續往前方找去。

他想：「森林裡有個湖，漫畫熊也許到湖邊釣魚了。只是，湖這麼大，他到底會在哪邊呢？」

這時，他聽見湖的東方傳來某位老先生的喊叫聲：「抓強盜啊！有隻粉紅色的熊搶走了我的魚網。」

漫畫家跑過去問：「他往哪個方向去了？」

老先生指著湖的西方。漫畫家賠了他魚網的錢後，急忙又往西邊追。

他跑了好一段路，終於瞧見前方有一隻粉紅色的小熊。小熊打赤腳，正準備要釣魚。

「哈哈，找到了！」漫畫家跑上前，嘴裡大喊著：「調皮的漫畫熊，快跟我回家！」

漫畫熊看見漫畫家，立刻拋下釣竿，急急忙忙逃走。漫畫家只好一路追。

「我不要回家！」漫畫熊一邊跑，一邊任性叫著：「我想爬樹，我還要吃蜂蜜。」

說完，他爬上一棵大樹。大樹上掛著一個圓圓的蜂巢，周圍蜜蜂飛舞、嗡嗡作響。

漫畫家在樹下大喊：「快下來！別淘氣了。」

漫畫熊根本不理會，他挨近蜂巢，偷了點蜂蜜嚐嚐——嗯，真美味！他愈吃愈多。一群憤怒的蜜蜂飛出蜂巢，打算給漫畫熊一點教訓。但是，漫畫熊根本不怕蜜蜂螫，蜜蜂們都氣壞了。

漫畫熊吃飽蜂蜜後，又繼續耍淘氣。他抓住樹幹上的藤蔓，從一棵樹盪到另一棵樹上。「喔——喔——我是泰山熊。」他吼得好大聲，嚇壞了森林裡的小松鼠、小兔子和樹上的小鳥們。

「吵死啦！」小動物們摀住耳朵抱怨。

漫畫熊玩鬧了很久，突然覺得熱，他想：「到湖裡游泳吧！」

於是，他又衝向湖岸，連衣服也沒脫，就「撲通！」一聲跳進湖裡。

「太危險啦！不要啊！」漫畫家跟在身後大叫，但是已經來不及阻止。

這時，一件可怕的事情發生了：漫畫熊一泡入湖水中，他的身體、帽子、衣服、褲子……所有的顏料開始溶解了，就像方糖放入熱茶裡。

漫畫熊嚇壞了，他大聲叫喊：「救命啊！救命……」

漫畫家連忙跳進湖裡救起漫畫熊。現在的漫畫熊，已經變成了一隻透明小熊，他身上除了模糊的鉛筆輪廓，幾乎什麼都看不出來啦！

「嗚嗚嗚，怎麼辦呢？」漫畫熊嚎啕大哭，愈哭身體愈模糊。

「沒有關係。」漫畫家安慰他說：「回家，我幫你好好補上顏色。」

回家後，漫畫熊乖乖跳回圖畫紙上。他對漫畫家說：「我好累喔，請你幫我換上睡衣，再畫一張舒服的小床好嗎？」

於是，漫畫家拿筆幫他畫上睡衣，又幫他畫了一張床、一個枕頭和一條小被子。最後，還全部上好顏色。

「晚安。」漫畫熊跳上床說：「很抱歉，我今天演出一場『漫畫熊淘氣記』，給你惹了不少麻煩。我保證以後不調皮了。」

說完，他乖乖蓋上被子，很快就睡著了。

耶誕糖果

耶誕夜那天，爸爸送給琪琪一個可愛的洋娃娃。這是耶誕禮物。洋娃娃眼睛大大的，鼻子尖尖翹翹，梳兩條小辮子，還穿一件白紗洋裝。琪琪好喜歡這個洋娃娃。

「我要叫她貝貝。」琪琪開心的說。

她整晚都抱著貝貝，又親又玩，一刻也不想放下。

媽媽說：「琪琪，該上床睡覺了。」

「我可以抱貝貝一起睡嗎？」琪琪問。

媽媽說：「貝貝今天剛來，或許想待在玩具房裡，跟其他玩具們認識。妳改天再跟她一起睡。」

琪琪雖然有些失望，但還是點頭說：「好吧！」

她將貝貝擺在長頸鹿妮妮跟猴子小呆中間，然後，從口袋裡掏出兩顆糖果，放在貝貝的兩隻小手上。

「這是我送妳的耶誕禮物，妳留著晚上吃。」琪琪輕聲對貝貝說。

哥哥聽見了，笑她說：「小傻瓜，洋娃娃怎麼會吃糖果呢？」

「我的貝貝就會！」琪琪不服氣的回嘴：「貝貝是不一樣的洋娃娃。」

那天晚上，月亮升到高空、鐘敲十二點以後，玩具房的玩具們伸伸懶腰，活動起來了。

「嗨！新來的洋娃娃。」猴子小呆首先開口：「我可以看一下妳的糖果嗎？」

「當然可以。」貝貝說：「對了，我先自我介紹。我的名字叫貝貝。」

機器人阿才也湊過來說：「這是真的糖果耶！妳知道嗎？在我們這個玩

具房裡，從來沒有任何一個玩具收到過耶誕禮物。」

「是啊，我們總是被當成禮物送人，卻從來沒有人送禮物給我們。這就是『玩具』的命運！」長頸鹿妮妮說。

玩具火車頭問：「貝貝，妳打算怎麼利用這兩顆糖果呢？」

「我不知道。我是洋娃娃，根本不可能吃糖果。我想，或許會把它轉送給真正需要的人，讓別人也有得到禮物的快樂。」

玩具彈弓說：「那送我好了，我可以拿它當子彈。」

「不行不行，子彈打人太危險了，我不喜歡。」貝貝急著搖頭。

愛漂亮的小美娃娃說：「送給我吧，我可以將它們別在衣服上、當糖果胸針。」

「妳的衣服已經夠美啦，還好意思討糖果胸針啊？」吉普賽娃娃酸溜溜的說：「倒是我的水晶球已經舊了，不如把糖果送給我，當新的水晶球用。」

突然間，玩具房裡的玩具全吵了起來，大家都爭著要那兩顆糖果……

「嗨，你們好。」

陌生的聲音出現，終止了大家的爭吵。

「我是小田鼠米米。」闖入者害羞的自我介紹，然後開始說他的遭遇：「今天白天時我偷溜進屋子裡玩，不小心迷路了，還撞上一根大柱子、昏倒在地下室裡。我醒來時已經天黑了，又餓又怕，怎麼也找不到出去的路。剛剛聽見這兒有玩具說話的聲音，好熱鬧，所以就跑過來看看。」

貝貝溫柔的說：「你剛剛說你餓了，我這兒有兩顆糖果，你拿去吃吧！等天亮後，你再想辦法找出回家的路。」

「太好了，謝謝妳。」

米米狼吞虎嚥吃掉兩顆糖果，好像得到了不少力氣。玩具們惋惜的看著，但是心裡都很清楚，米米確實才是最需要這兩顆糖果的。

「好好吃喔！」米米吃完糖果，感激的在貝貝臉上親了一下。貝貝的臉頰因此留下一個黏黏的糖印子。

第二天清晨，米米總算找到一個窗縫溜了出去。

當琪琪走進玩具房時，發現貝貝手上的糖果不見了，她開心的大叫：「哥哥你快來看！糖果被吃掉了。」

哥哥檢查地板上的糖果紙碎片，懷疑的說：「是妳自己搞鬼，自己吃掉的吧？」

「才不是呢！」琪琪生氣的說：「是貝貝吃掉的。不信你看，她臉上還留有糖印子呢！」

這下子，哥哥無話可說了。「但是，洋娃娃怎麼會吃糖果呢？」他怎麼都想不明白。

究竟，糖果是被誰吃掉的？答案大概只有貝貝、米米、玩具房裡的玩具和讀過這篇童話的小朋友們才知道囉！

許願龍要什麼？

很久很久以前，有一個拉拉國。拉拉國的人民非常富有，生活很幸福，因為這個國家住著一隻許願龍。大家有任何需求，只要到許願龍的洞口前大聲要求許願，馬上就能實現願望。

有一天，許願龍突然發了很大的脾氣。他對來許願的人們說：「煩死了！你們整天跟我要東要西的，怎麼從來就沒有人想過我需要什麼？」

人們不解的問道：「你究竟想要什麼？」

這一問，許願龍更生氣了，他賭氣的說：「我才不告訴你們呢，你們自己去想吧！從現在開始，拉拉國會不停的下雨，直到你們想出答案為止。」

說完，天空立刻烏雲密布，嘩啦啦開始下大雨。這場雨連下了很多天，雨水沖壞農作物，沖斷了橋梁道路，造成嚴重的水患。大家非常緊張，趕緊去找國王想辦法。

拉拉國的國王是位好國王，他一直想幫人民做事，可惜大家平時都太依賴許願龍了，很少想到他。他總是無聊的在王宮裡走來走去。現在大家終於有事要他幫忙，他好高興，馬上答應了。

國王穿上雨衣和雨靴，冒雨去找許願龍。

他問：「許願龍你要什麼？新衣服？新床單？玫瑰花園？一部新跑車？一棟豪華別墅？法國大餐？環球旅行？金銀財寶？你想當國王？娶個漂亮的龍太太……」

國王把自己想得到的通通說出來。但是許願龍不斷搖頭說：「不是，不對。全部答錯！」

國王失望的回到王宮裡，拿出紙和筆繼續想。

雨還在下，人民愈來愈害怕。許多人捐出珍藏的稀奇寶貝想討好許願龍，比如說：會打嗝的茶壺、會鬥牛的老鼠、讓人消失的魔藥、能結出唱歌檸檬的檸檬樹、會自動演奏的鋼琴、夜裡能發光的七色花……種種不可思議的寶物。

但是許願龍連看都不看一眼，他說：「這些東西有什麼了不起？更稀罕的，我都能變出來呢！」

雨不停，穀倉裡的糧食吃完了，國王只好派人去鄰國買。

大雨連下了三個月後，有一天，拉拉國裡來了一位白頭髮、白鬍鬚的老人。他剛踏進拉拉國，大雨馬上停止了。

老人走到許願龍住的洞穴前，大聲斥罵說：「許願龍你闖大禍啦！當初，神仙王國派你到拉拉國，是請你來幫助這裡的人民，想不到你竟然施法下大雨，引起這麼嚴重的水患，破壞了神仙王國的名譽。今天我奉命來帶你回去，就要把你關進最黑暗的地牢！」

許願龍嚇壞了，大哭大叫著：「我知道錯了。拜託別抓我，別把我關進地牢！我最討厭地牢……」

他的哭聲好響亮，哭得天搖地動的，整個拉拉國都聽得見。

拉拉國有位好心腸的王后，她不忍心看許願龍那麼可憐，請求神仙老人說：「求您饒過他吧！許願龍只是一時淘氣，製造了點小麻煩。他以後一定不敢了。」

神仙老人很為難，考慮了一下說：「好吧，這次可以不關他。但是，許願龍犯的錯，已經在自己身上下了一道咒語，等明天中午時間一到，他就會永遠變成一隻蜥蜴。」

許願龍又開始哭叫：「我不要變成蜥蜴。你們救救我嘛！」

國王問神仙老人：「怎樣才能救許願龍呢？」

神仙老人說：「咒語是因為他當初講的話而引起的，所以，要解除咒語，除非你們猜出許願龍究竟想要什麼？不過這很難，因為你們已經猜了三個月啦，還沒想出答案啊！」

國王對神仙老人說：「你放心，我們一定會想出來的。」他轉身問全國百姓：「你們都會努力救許願龍吧？」

大家原本還在生許願龍的氣的，聽國王這麼一問，反倒有些不好意思了。他們大聲回答：「是！我們想救許願龍。」

神仙老人笑著說：「請你們加油。許願龍的命運就靠你們啦！」

神仙老人離開後，整個拉拉國陷入一陣苦思中，人們前想、後想、站著想、倒立想……所有想得到的，以前都想過了。大家根本猜不出來許願龍要什麼？

當晚，王后對國王說：「這些年來，許願龍幫了我們很多忙。他對全國百姓總是有求必應，相反的，我們卻很少關心他，從來都不了解他需要什麼？」

國王說：「是的，我們太自私了。」

王后繼續說：「我們永遠只想到自己，只會幫自己許願，卻從來沒有人想過為許願龍許願。」

「為許願龍許願？這倒新鮮了。」國王回答。

王后記得她小時候，拉拉國裡還沒有許願龍，那時的人們都是對著月亮說出自己的心願。

她慢慢走到窗邊，看著月亮，雙手合十誠心誠意說：「親愛的月娘啊，我要為許願龍許願，希望他身上的咒語能即時解除，不要變成一隻蜥蜴。」

剛說完，空氣中就傳來一陣轟隆隆的聲響。大家驚訝的衝出屋外一看，只見許願龍全身發光，拍著翅膀在天空中飛舞。

「我身上的咒語解除了。」許願龍開心大叫：「王后為我許了願，她終於想到答案啦！」

大家聽得滿頭霧水。王后自己也不曉得怎麼回事？

許願龍向大家解釋說：「我們神仙王國的神仙、精靈們，雖然能夠實現別人的願望，自己卻沒有許願的能力。多年來，我一直渴望有人為我許願，什麼願望都行！可是我來拉拉國已經十六年了，從來都沒有人幫我許願。那天我才會發那麼大的脾氣。」

人們恍然大悟：「原來，許願龍只是想要有人幫他許願，根本不是想要什麼稀奇古怪的東西，難怪我們想不出答案。」

許願龍又在空中繞了幾圈，跟大家道別說：「很抱歉，這次給大家添了不少麻煩，差點也害慘了自己。我決定回神仙王國重新學習，好好熟讀『許願龍規則』手冊，免得以後再犯錯。」

「你別走嘛！」大家向許願龍請求：「拉拉國需要你。我們以後會多關心你、對你好一點。」

「不，你們不缺我，因為你們已經有一位熱心的國王和一位充滿愛心的王后了。」

許願龍轉身對國王和王后微笑致意，然後就拍拍翅膀飛走了。

許願龍離開後，人們起先不太習慣，但是慢慢的也就學會更努力、更依賴自己了。他說的沒錯，拉拉國在國王和王后的領導之下，人民的生活依然跟以前一樣幸福、快樂。

只要我們長大

「小蘋長得好快，舊的小紅鞋已經穿不下了。」媽媽經過鞋櫃時，自言自語著：「改天把這雙舊鞋丟了，給她買雙新鞋。」

媽媽的話，鞋櫃裡的小紅鞋全聽見了。他們難過得不得了，因為小紅鞋很喜歡小蘋，不想跟她分開。

「我們怎麼辦？」兩隻小紅鞋都快急哭了，他們問身旁的大黑鞋伯伯：「該怎麼做，小蘋的媽媽才不會丟掉我們？」

「除非你們『長大』。」大黑鞋伯伯說：「如果你們能大到讓小蘋穿得下，或許媽媽就不會丟掉你們了。」

「怎樣才能長大？」小紅鞋又問。

但是，鞋櫃裡沒有一隻鞋知道長大的方法。

「我看，我們還是偷溜出去，找外頭的人幫忙吧！」右腳小紅鞋提議。

「好。」左腳小紅鞋答應。

他們趁著周圍沒人注意時，偷偷跳出鞋櫃。屋子大門正好開著，他們又溜出大門，跑到院子裡。

「現在，該往哪個方向走？」兩隻小紅鞋彼此問道。

花叢裡冒出一隻莽撞的小老鼠，匆匆忙忙的，差點就撞上左腳小紅鞋。

「哎呀！小心點。」

「對不起。」小老鼠趕緊行個禮：「我急著回家吃飯。遲了我奶奶又要生氣。對了，你們是誰？怎麼會在這裡呀？」

「我們是小紅鞋……」小紅鞋把他們偷溜出來的原因和目的，一五一十告訴小老鼠。

「這很容易。」小老鼠拍拍胸脯說：「我回去問奶奶，她懂不少法術，一定有辦法幫你們。」

「真的？那太好了。」

「你們在這裡等一下。我去去，一會兒就回來。」小老鼠說完，一溜煙跑掉。

沒多久，他帶著一瓶紫色藥水回來說：「就是這個，奶奶給我的『長大藥水』。」

小紅鞋急著問：「怎麼用啊？」

「很簡單，把藥水灑在身上就行了。」

說完，小老鼠打開瓶蓋，把藥水全灑在小紅鞋身上。奇妙的事情發生了：小紅鞋開始變大、變大……最後，變得像兩個菜籃子一樣大。

「糟糕！」小老鼠吃了一驚：「一定是藥水灑太多了。」

小紅鞋著急說：「怎麼辦？我們『長』得那麼大，小蘋看見要嚇壞了。」

「沒關係，我們去找奶奶幫忙。」小老鼠說。

他帶小紅鞋回到牆角的老鼠洞口。小紅鞋長太大了，進不了老鼠洞，只好小老鼠自己進去找奶奶。

老鼠奶奶走出來看見小紅鞋，想了想說：「我必須幫你們調一些『縮小藥水』才行。」

說完，她到花園裡採集了鳥糞、玫瑰花瓣、酢醬草葉子和草地上的露水，然後又進老鼠洞裡找出一些花生殼、餅乾屑、麵包皮和蘋果核，最後還拔幾根自己身上的老鼠毛，全部丟進大鐵鍋，用櫻桃樹枝攪拌著煮。

老鼠奶奶煮出一鍋黑色藥水，滿意的說：「行啦！現在，我要用小杓子，一點一點把藥水灑在你們身上，免得一次用太多了。」

老鼠奶奶慢慢的灑縮小藥水，小紅鞋也慢慢的變小……等他們縮到適當大小後，老鼠奶奶才停止灑藥水。

「奶奶的法術真了不起。」小紅鞋忍不住叫出來：「太謝謝你們啦！」

大家正在高興慶祝時，矮樹叢裡突然衝出一隻兇巴巴的大花貓。大花貓想吃掉小老鼠和老鼠奶奶，嚇得他們連忙鑽進老鼠洞。

大花貓不死心，一路追到老鼠洞口。他猛一撲，撞翻洞口前的大鐵鍋，縮小藥水正巧全潑在小紅鞋身上……

「哎呀，怎麼回事？」小紅鞋一直縮小、縮小……最後，縮到只有人類的一根小指頭大小。

小紅鞋生氣喊道：「可惡的大花貓，不准你欺負小老鼠和奶奶。」

大花貓根本不理會小紅鞋，他在老鼠洞口東挖挖、西扒扒，最後還是捉不到老鼠們，只好無趣的離開。

這陣「騷動」引來了剛回家的小蘋。她跑到院子裡，一眼就看見牆角邊的「小」小紅鞋。

小紅鞋想：「糟糕！這下子小蘋不要我們了。」

但是小紅鞋猜錯了，因為小蘋看見小紅鞋，非常開心說：「好可愛的玩具鞋子喔，跟我的一雙舊紅鞋好像。我要把他們當成寶貝，好好收藏起來。」

她撿起小紅鞋，飛快的跑進屋裡，想把自己的「新發現」拿給媽媽看。

小紅鞋在小蘋的手心裡，感覺很溫暖，很開心。他們想：「好棒喔！我們可以永遠跟小蘋在一起了。小蘋喜歡小小的我們，所以，我們以後再也不用為『長大』的事而煩惱啦！」

假裝的朋友

小環是一個活潑可愛，又喜歡幻想的女孩兒。她有許多朋友，其中一個是「假裝」的朋友。

「假裝」的朋友是個女孩子，平常人看不見，也摸不到她，因為她是小環自己想像出來的。一個人時，小環就和「假裝」的朋友一起玩。

有一天，小環獨自坐在屋後的草地上，覺得很無聊。她問「假裝」的朋友：「我們玩什麼遊戲好呢？」

「假裝」的朋友回答：「玩王子和公主的遊戲。」

「好啊！」小環說：「我當王子，妳當公主。公主喜歡編花環送王子，妳就編一個給我吧！」

「假裝」的朋友說好。於是，「她們」一起到草地上採許多小野花。「假裝」的朋友不會編花環，小環只好自己編一個，戴在自己頭頂上。「公主，謝謝妳美麗的花環。我想回贈妳寶石項鍊。」小環王子有禮貌的說。她撿了一些樹葉片，又找了一條細長的草莖，坐在大樹下，耐心編起樹葉項鍊。

小環王子一邊做，一邊跟「假裝」的公主喃喃對話。她不知道身後那棵大樹上，躲著一個小精靈。小精靈把小環做的每件事看得一清二楚。她想：「這個女孩兒有意思。她一個人玩兩個人遊戲，真有趣。」

這個小精靈頭戴一頂尖尖的綠帽子，頭髮蓬蓬亂亂，臉上還沾著汙泥，一看就知道是個淘氣鬼。小精靈想：「我來開開這個愛幻想的小女孩玩笑，讓她的遊戲更有趣一些。只是，我該開什麼玩笑好呢？」

小精靈還在傷腦筋時，小環已經編好項鍊。「公主，請接受我的寶石項鍊。」小環王子對「假裝」的公主說。

「謝謝你，小環王子。這串項鍊真漂亮。」小環把項鍊戴在自己脖子上，因為「假裝」的公主沒法兒戴。

「對了！」小環王子對「假裝」的公主說：「我想起來了，我身上有一張藏寶圖。我們一起去尋寶！」

說完，她掏出口袋裡的一張紙當作藏寶圖。其實，那只是今天學校發的數學考試卷。

小環王子仔細研讀「藏寶圖」，說：「原來，寶藏在太平洋的某個荒島上。我們出海去找吧！」

她帶著「假裝」的公主，乘著「假裝」的船，在草地上「假裝」的航行起來。

樹上的小精靈見了，忍不住摀著嘴巴笑：「真好玩。我就變出一箱寶藏來逗她開心。」

小環王子在草地上轉了幾圈，指著大樹說：「看！荒島在那兒，寶藏也在那兒。」

小環王子和「假裝」的公主直奔大樹下，樹下果真有一個小盒子。小環當然不知道，小盒子是小精靈用石頭變成的。

「真的有藏寶盒？」小環很驚訝。她打開盒子，裡頭裝滿閃閃發亮的金幣。

「我發現寶藏啦！」小環差點一屁股跌坐在草地上。等她回過神來，馬上告訴自己：「這是假的、是幻覺，它和『假裝』的公主一樣，是我自己想像出來的。」

小環閉上眼睛喃喃說道：「等我睜開眼睛時，如果寶藏還在，我才相信它是真的。」

說完，她慢慢睜開眼睛——果然，寶藏不見了。

「我就知道是假的。」小環有些失望說：「原來，想像的遊戲玩久了，會出現幻覺呢！」

小環當然不知道，她剛剛閉上眼睛時，小精靈又把寶藏變回石頭了。

「假裝」的公主對小環王子說：「一定是天氣太熱，害妳出現幻覺的。」

「對，天氣真的好熱。」小環王子說：「現在如果能夠刮陣風或是下場雪就好了。」

話剛說完，小環頭頂上就飄下一片片的雪花。不用說，這又是小精靈在開玩笑。

小環嚇一大跳：「真的下雪啦！還是，這又是我的幻覺？」雪花顆粒愈下愈大，最後變成一顆顆大冰雹，砸得小環痛極了。

「別再下啦！好痛。」小環急得直跺腳。

冰雹果真不下了。小環看看地上，哪有冰雹啊？只不過是滿地的落葉而已。

「好痛的幻覺喔！」小環摸摸腦袋說：「怎麼那麼逼真啊？」

「假裝」的公主安慰她說：「別再想這件事了。我們繼續玩遊戲吧！」

「好。」小環王子說：「現在，我們假裝妳被巨龍捉走了，我要救妳出來。」

說完，她撿起一支樹枝當寶劍，朝著空氣亂揮亂舞說：「讓我殺死你這隻可怕的巨龍！」

樹上的小精靈忍不住偷偷笑：「好啊，那我就變成一隻巨龍嚇嚇她。」

於是，小精靈變成了一隻小龍。（因為她還是個孩子，沒辦法變成巨龍，只能變成小龍。）小龍頭上還戴一頂尖尖的綠帽子。

「轟！」小龍的嘴巴，像打火機一樣噴出小小的火苗。他搖搖擺擺走到小環面前。

這次，小環沒有太驚訝。她想：「別擔心，這肯定又是幻覺。」她高舉樹枝指著小龍的鼻子說：「快點放出公主，否則讓你嘗嘗寶劍的厲害！」

「不放，不放！」小龍一邊喊，一邊繞著小環打轉。

大家都曉得不可以虐待動物，小環也知道。「但是，如果是『假』的呢？」小環想：「應該就沒關係了吧！」

於是她拿起樹枝，追起了小龍。小龍跑得太慢，屁股被樹枝猛戳了好幾下。

「好痛好痛，不玩啦！」小龍一邊喊，一邊跑向大樹。他變回小精靈的模樣，跳回樹上，輕輕揉揉自己的屁股。

「咦，不見了。」小環追到大樹下，沒看見小龍，只找到一頂尖尖的綠色小帽子。「這是誰的帽子？」

「是我的！」樹上的小精靈急著大喊：「快還我帽子！帽子弄丟了，回家要挨媽媽罵啦！」

「你是誰？」小環問。

「我是小精靈。那頂帽子是剛才我從小龍變回小精靈時，不小心掉的。」

「這麼說來，剛剛那隻小龍不是我的幻覺囉……」小環恍然大悟說：「那寶藏和冰雹，一定也是妳的惡作劇。」

「不是『惡作劇』，只是開開小玩笑。」小精靈不服氣的說：「哪像妳的『寶劍』，戳得人家屁股好痛。」

小環忍不住哈哈笑：「真對不起。不過妳用冰雹砸我，滋味也不好受。來！帽子還妳，妳快下來。」

小精靈跳下樹，接過小環手上的帽子。

小環問：「妳真的會變法術啊？」

「當然。我是小精靈，天生就會法術。」

小環高興的說：「那太好了。我們交朋友，一起玩遊戲吧！我每天放學後都來這裡找妳。」

「好啊！」小精靈也很高興。

她們兩個勾勾手指頭，作了約定。

以後，小環更忙了——她得跟朋友們一起玩，還得陪小精靈做遊戲。至於那個「假裝」的朋友，小環還得另外找時間陪她呢！

發光的黑石頭

這個故事是由一架照相機引起的。

那天傍晚，野兔先生和野兔太太到森林裡散步，突然聽見人類說話的聲音，他們機警的躲進羊齒叢裡，偷偷朝外看。

出現在眼前的，是一個人類的小男孩和一個小女孩。小男孩胸前掛著一個黑色、像石頭一樣的東西。

「就在這個地點，幫我拍張相。」小女孩要求。

「這裡的光線太暗了。」小男孩說：「也許得用閃光燈。」

小男孩拿起胸前的「黑石頭」，對準小女孩，「喀嚓！」一聲，黑石頭發出白色閃光，就像下雨夜空出現的閃電。

野兔先生嚇一跳，他回頭看看野兔太太，發現她也驚訝得合不攏嘴。

小男孩和小女孩離開後，野兔夫妻跳出羊齒叢。

野兔太太說：「你瞧見剛才那個漂亮東西了嗎？如果可以，我也想要有一個。」

「沒問題。」野兔先生很愛野兔太太，他說：「明天我就去給妳找一個。」

當天晚上，野兔先生做了一個夢，他夢見天上星星掉下來，全部變成黑色石頭，撿都撿不完呢！

第二天一早，他帶著野兔太太準備的「愛妻午餐」，蹦蹦跳跳出門了。

走了沒多久，他看見一戶農家，屋簷下，一隻大黃貓正在睡大覺。

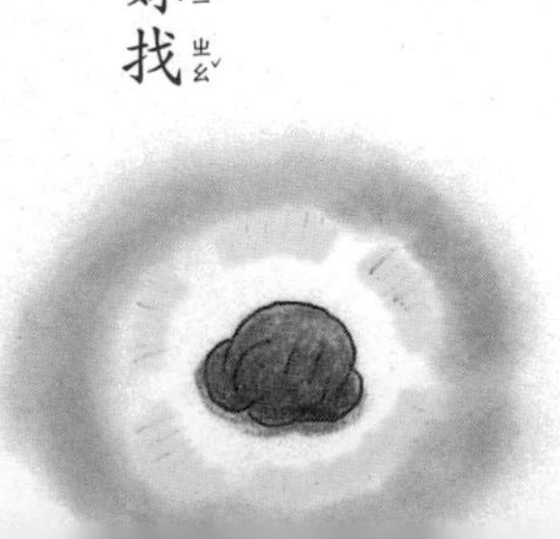

「你好，黃貓先生。」野兔先生靠近說。

大黃貓抬起頭，伸個懶腰回答：「你好啊！有事嗎？」

「我想請問，你知道這附近有會發出亮光的黑色石頭嗎？」

大黃貓想了想說：「應該是『那個』吧？剛好主人不在家，我帶你進屋子去看看。」

大黃貓帶野兔先生到廚房裡，指著一堆黑色煤炭說：「是不是這個？我看過主人讓這些黑色石頭冒出火來，還烤出香噴噴的小魚呢！」想到美味的烤魚，大黃貓忍不住舔了舔嘴。

「不是這個！」野兔先生失望的說：「我要找的黑色石頭只會發出亮光，不會冒出火來。」

野兔先生和大黃貓道別，繼續往前走。他到一個小鎮上，找了個隱密的地方正想吃午餐。一隻小老鼠突然冒出來說：「什麼東西這麼香啊？能不能分我一點嚐嚐？」

野兔先生很大方，他把自己的午餐——萵苣三明治、胡蘿蔔餡餅和一顆紅蘋果，全分了一半給小老鼠。

吃過午餐後，野兔先生問小老鼠：「你住在鎮上，看過會發出亮光的石頭嗎？」

「會發光的石頭？」小老鼠歪著腦袋想：「我知道了。我住的人類屋子裡就有『那個』。」

他帶著野兔先生，穿過各種稀奇古怪的通道，來到一棟大房子。他們到臥房裡，小老鼠指著一塊薄薄長長的大石頭說：「就是這個。」

「哎呀！」野兔先生嚇了一跳，因為「大石頭」上竟然也出現一個野兔先生和一隻小老鼠。

「不錯吧？」小老鼠得意的說：「這塊石頭不只會發光，你走近瞧，還能看見跟自己長得一模一樣的傢伙呢！」

「不是這個！」野兔先生說：「我忘了告訴你，我想找的石頭是黑色的。老實講，我並不喜歡看見石頭裡出現跟自己長得一樣的傢伙。」

小老鼠和野兔先生都不曉得，那只是一面穿衣鏡子。

跟小老鼠道別後，野兔先生離開熱鬧的小鎮，往鄉間方向走。途中他覺得累了，就在大樹下睡一覺，醒來竟已是黃昏啦！

「糟糕！還沒找到會發出亮光的黑色石頭呢！」

遠方，好像有一點亮光。野兔先生二話不說，高興得直朝亮光跑，心想：「這回一定錯不了……」

結果，那只是一盞舊路燈。野兔先生失望極了。

「天都黑了，我還是回家吧，別害野兔太太在家裡擔心等候。」野兔先生想：「可是，我沒找到會發光的黑色石頭，回去怎麼跟她說呢？」

野兔先生正在發愁，聽見草叢裡有一陣細小的聲音說：「好痛！我飛不動了。」

他一看，原來是一隻小小的螢火蟲。

野兔先生問：「你怎麼啦？」

螢火蟲說：「我受傷了，翅膀飛不動。如果鳥兒發現我，一定會吃掉我的。」

「你跟我回家吧！」野兔先生說：「我太太最喜歡交朋友了。你就暫時住在我家裡，把傷養好。」

「謝謝你。打擾了。」

野兔先生讓螢火蟲「騎」在自己頭頂上，蹦蹦跳跳回家。

回到家裡，他很不好意思的跟太太說：「很抱歉，我沒幫妳找到會發光

的黑色石頭，只帶了一個像星星一樣漂亮的客人回來。」

野兔太太看見亮晶晶的螢火蟲，非常高興。她對野兔先生說：「沒關係。黑石頭我沒那麼在乎，我比較喜歡新朋友。」

那天晚上，他們三個在月光下吃飯，一起唱歌、跳舞、說故事。漂亮的螢火蟲是個說故事能手，野兔夫妻好高興認識這位新朋友。

他們想，比起不能動也不會說話的發光黑石頭，遇見螢火蟲真是要好上太多了。

神偷島

從前，海上有一個沒有人知道的小島，叫做「神偷島」。這個島上住的全是小偷。

為什麼會這樣呢？

因為，神偷島上什麼東西都種不出來，當地人沒有食物吃，又不懂得任何謀生的方法，他們只好利用黑夜乘著船，到沿海村子偷竊食物、衣服、書籍跟日用品。

他們的首領名叫阿布拉。阿布拉有個怪毛病：他規定自己的手下每偷過一戶人家後，都得在那戶人家裡留下三顆神偷島的石頭、排成一個三角形記號。

「為什麼要這樣做？」他的手下問。

阿布拉理所當然的說：「你們想想看，世界上小偷那麼多，如果我們不留下自己的專屬記號，人家怎麼知道是我們偷的？我曾經從一本偷來的書上讀到，書裡頭那位赫赫有名的神偷，就是因為喜歡『作記號』才出名的。」

有一回，他們到一個村子裡偷食物。當大家把偷來的糧食運上船、正準備開船回島時，一個手下突然大叫：「我真糊塗！我忘了在咱們最後偷的那戶人家裡，擺三顆石頭作記號。現在怎麼辦？」

「忘記就算啦！」其他人說。

但是阿布拉不同意。他認為規定就是規定，必須要遵守。

「我去擺石頭！」阿布拉對手下說：「你們在船上等我，我很快就回來。」

說完，他匆匆下船，跑回村子裡。

那一天，阿布拉大概有些慌張，擺石頭時不小心撞翻一隻茶杯，鏗鏘一聲吵醒了屋主。

「完了！」阿布拉想：「這回被逮住，要坐牢了！」他垂下頭，伸出兩隻手，等著屋主將他綑綁。

但是，當屋主看見阿布拉擺在桌上的那三顆石頭時，眼睛發亮，高興的說：「我發財啦！原來，你就是傳說中那位喜歡拿鑽石換東西的人。」他叫醒家人，讓他們見見阿布拉的「廬山真面目」，最後，還煮了一頓豐盛的宵夜招待他。

阿布拉被搞得莫名其妙。他對屋主說：「我還有一些伙伴在外頭等我，他們大概也餓了，能不能請他們一起來吃？」

屋主說：「當然，歡迎，歡迎！」

阿布拉回到船上，把這件稀奇古怪的事情告訴手下們。大家原以為他在開玩笑，可是等到看見屋主準備的滿桌大魚大肉時，不得不相信真有「怪事」發生。

這究竟是怎麼回事？

原來，神偷島會種不出東西，只因為神偷島是個「鑽石島」，根本沒有泥土。神偷島的人並不知道這件事。

阿布拉好奇的問屋主：「『鑽石』是什麼？」

屋主哈哈大笑說：「你真愛開玩笑。誰不認識鑽石？誰不知道鑽石是世界上最值錢的寶石？說來你們也真怪，如果想買東西，大可以白天出來買，為什麼偏要晚上偷偷拿鑽石來換呢？」

阿布拉當然不好意思告訴屋主，他們是小偷。他支支吾吾回答：「嗯，我們會晚上才出來是因為……因為我們太害羞了。」

「原來如此。」屋主信以為真的說：「說實話，你們的鑽石又大又漂亮呢，每顆都值上不少錢。很多人都期待你們拿鑽石跟他換東西。沒想到，今天這樣的好運讓我遇上啦！哈哈哈！」

聽了屋主的話，阿布拉跟手下們都覺得不可思議。他們不敢相信，這種在神偷島到處撿得到的「石頭」，竟然可以換許多想要的東西。對於神偷島的人來說，可以吃、可以穿、可以用的東西，才是好東西。他們連「錢」是什麼都不清楚。

經過這場誤會虛驚後，神偷島人知道了很多事。他們知道自己再也不必當小偷，只要拿島上的「石頭」，就可以盡情換所有他們想要的東西。

神偷島的人變得愈來愈懶惰，也愈來愈貪心。每戶人家都買一艘大船，不停的拿鑽石到外地去換回一船一船的奢侈品。島上的人本來感情很好，現在卻變得愛吵架，而且還時常懷疑、嫉妒別人揮霍掉的鑽石是不是比自己多。

這些事阿布拉全看在眼裡，他非常擔心，常常勸以前的手下們說：「你們可別好吃懶做啊！瞧瞧你們的肚子，一個個吃得圓滾滾的，手腳動作卻愈來愈不靈活。」

他們回答：「反正我們有花用不完的鑽石，生活不必愁，大家平常沒事做，如果不大吃大喝享受，怎麼打發時間？」

阿布拉嘆一口氣。

有一天，阿布拉到海邊散步，一路上跌了好幾跤。因為原本好好的路面，現在被大家挖鑽石挖得坑坑疤疤、大洞小洞的，害他一直跌跤，心情壞透了。

走著走著，他踢到一只被海潮沖上岸的黃銅瓶子。好奇的阿布拉忍不住打開瓶塞，想看看裡頭裝著什麼？

哪知道，瓶裡冒出一縷綠煙，然後變成一個高大的巨人。阿布拉嚇壞了，他想起小時候讀過一本偷來的故事書，裡頭有一個喜歡吃人的「瓶怪」──誰放他出瓶子，他就吃誰。

「你……是瓶怪嗎？」阿布拉發抖問。

「正是在下。」大巨人回答。

阿布拉想：「完啦！我得照書上說的，想法子騙他回瓶子裡，否則一定會被吃掉。」

他還沒想出辦法呢，瓶怪已經先開口了：「喂，多管閒事的傢伙，你不知道嗎？我在這只瓶子裡已經住超過一千年了。記得五百年前，我一直希望有人能放我出來，可過了五百年後，我竟慢慢喜歡上瓶子裡的『平靜』生活，它幫助我思考。你為啥多管閒事，拔掉我瓶子的瓶塞？」

阿布拉鬆了口氣說：「原來如此。那這樣吧，你不如再回到瓶子裡，我會幫你塞緊瓶塞，將瓶子丟回大海。」

「好主意。謝謝你。」瓶怪高興的說：「對了，你怎麼一副愁眉苦臉的樣子？」

阿布拉便把最近發生的事情，一五一十告訴瓶怪。

瓶怪說：「這件事很簡單，你先放我回海裡，所有的事我自然會幫你解決。」

說完，瓶怪又化成一縷煙鑽進瓶子裡。阿布拉把瓶塞塞緊，奮力一拋，將瓶子丟回大海。

丟了瓶子，他轉身正想回家，腳底一踩——奇怪！怎麼鬆鬆軟軟的？仔細一看，腳下踩的不再是堅硬的鑽石地面，而是鬆軟的沙灘。

他一路奔跑、四處看看，這才發現全島的鑽石都變成了土壤。神偷島變成一個普通的小島，不再是亮晶晶的鑽石島。

人們都嚇壞了。他們說：「怎麼辦？沒有了鑽石，我們以後靠什麼過活？難道再回去當小偷嗎？」

「不，我們不能再當小偷。」阿布拉說。

他隱瞞了遇見瓶怪的事，告訴大家：「鑽石會消失，這是老天爺對我們好吃懶做的懲罰。祂將鑽石變成土壤，是要我們以後好好耕作，不能當小偷了。」

人們聽到這是老天爺的懲罰，變得有些害怕，也不敢不聽阿布拉的教訓。

阿布拉帶領大家，跟島外的人借些耕具和糧種，並且努力學習耕種的方法。作物豐收後，他們又開始養家禽家畜，還在島上種花種樹。慢慢的，神偷島變成一個綠油油的美麗小島，人們的感情也愈來愈好。每年大家都有吃不完的食物，多餘的還可以拿到外地去賣，換回各種日用品。

他們覺得以前發生的種種——當小偷啦與揮霍鑽石，就像一場夢，非常不真實。現在的神偷島民，生活自給自足，過得心安理得又幸福。

人魚小孩的初戀故事

在深海的人魚王國裡，有一個男的人魚小孩。他想學大人魚們談戀愛。

「我想找一個女朋友。」他說：「那些女的人魚小孩我不喜歡，我想找的是一個人類的小女孩。」

其實，人魚小孩從沒有看過真正的人類，為什麼會想找一個人類的小女孩當女朋友呢？因為，他聽過大人魚們講「人魚公主」的故事：人魚公主愛上一個人類的王子，不知情的王子卻娶了別人。善良的人魚公主不忍心拿刀刺死王子，最後竟犧牲自己寶貴的生命。

人魚小孩一直很喜歡這個故事，他肯定：「人類一定有比人魚更多的優點，所以人魚公主才會愛上那位王子。」

有一天，他決定偷偷游出深海，到海岸邊看看人類究竟長得什麼樣子？沙灘上，一群孩子正在遊戲。人魚小孩躲在海邊的礁石後，偷偷看他們。原來，人類小孩跟人魚小孩的不同，只是他們有兩條腿，而人魚小孩只有一條魚尾巴。

那群孩子中，有一個身穿紅色洋裝、笑得特別開心的小女孩，人魚小孩第一眼看見她，就覺得自己愛上她了。

「她真可愛，我好喜歡她！」人魚小孩想：「大人魚們如果知道這件事，一定會取笑我。他們會說我還小，根本不懂什麼是愛情。」

人魚小孩決定把這件事當成祕密，回去不告訴其他人魚們。

他很想靠近那個小女孩，和她單獨說說話。可是小女孩的身邊有許多同伴。人魚小孩想：「算了，我明天再來。等她單獨一個人時，我再跟她說話。」

人魚小孩回到了深海的家。

第二天，他又到海邊。真不巧，小女孩身旁還是有許多同伴，他們一起在海邊挖牡蠣。太陽曬得小女孩的臉紅通通的，人魚小孩覺得她專心工作的樣子真好看。

「討厭，為什麼她身旁老跟著一群伙伴嘛！」人魚小孩想：「明天我要早點來，一定要找到機會跟她說話。」

第三天，人魚小孩很早就到海邊。他躲在礁石後頭等。沙灘上空空盪盪，偶爾有幾個人走過，但都不是小女孩。他等了很久，給自己唱了好幾首人魚的歌，才看見小女孩獨自從遠方走來。

人魚小孩擔心自己的魚尾巴嚇著小女孩，所以躲在水裡，只敢露出上半身。海水的顏色很深，不會有人發現他藏在水底下的魚尾巴。他小心謹慎的從礁石後頭慢慢游出來。

「嗨，妳好！」人魚小孩從水中向小女孩打招呼：「今天天氣真好。妳想和我交朋友嗎？」

小女孩轉過身、好奇的盯著人魚小孩，想了一會兒說：「好哇，我叫露兒。你不是住在這附近的孩子吧？我從沒有見過你。」

「我是最近才搬來的。」人魚小孩撒了一個謊：「我的名字叫小海。」露兒的眼睛一直盯著人魚小孩和周圍的水面看，表情有些困惑。人魚小孩想：「她大概覺得奇怪，我為什麼老待在水裡，不上岸和她說話吧？」

人魚小孩不想上岸讓露兒看見他的魚尾巴，可是又不想露兒覺得奇怪，趕緊編個藉口說：「我最喜歡游泳了。你知道嗎？我幾乎整天都泡在海水裡，根本不想上岸。」

「沒有關係。你在水裡跟我說話就行了。」

人魚小孩想：「她真體貼。」他對露兒說：「我是個潛水大王，可以在海裡面閉氣很久。妳想不想看我表演？」

「好啊！」露兒很有興趣。

於是，人魚小孩像「魚」一般滑溜的鑽入海裡。人魚會潛水，理所當然。人魚小孩這麼做實在很聰明——他一方面可以躲進水裡藏住魚尾巴，一方面還可以在露兒面前表現自己的「專長」。

可是，人魚小孩還是覺得有些傷心。潛水時他一直想著：「這條魚尾巴實在討厭。如果露兒知道我是人魚，不是人類，一定會感到害怕，不再跟我做朋友了。」

他多麼想要露兒喜歡他呀！

人魚小孩潛到海底下，找到一塊美麗的紅珊瑚。他游回岸邊，甩甩濕頭髮，很「酷」的把紅珊瑚拋給露兒說：「接好！送妳小禮物。」

「哇，這是我見過最漂亮的紅珊瑚。」露兒的眼睛發亮說：「謝謝你，小海。」

人魚小孩不好意思的抓抓頭，心裡甜絲絲的。他多麼想跟露兒肩並肩，坐在一起聊天。可是，這條魚尾巴怎麼辦？

「難道我只能永遠躲在水裡，不停的給露兒表演游泳和潛水嗎？」他想。

人魚小孩突然不說話了，表情很哀傷。

這時露兒開口了：「小海，你真好，我多希望能每天跟你一起玩，不過，有件事我一定要提醒你。」

「什麼事？」

「我認為你最好不要常常來海邊，太危險了，如果有哪個壞心腸的人類發現你，或許會把你抓起來，賣給馬戲團。」

「妳……為什麼這樣說呢？」人魚小孩很驚訝。

露兒猶豫了一下才回答：「我知道你不是人類的小孩。你是人魚，對不對？」

「啊！」人魚小孩嚇了一大跳：「妳怎麼知道？」

露兒說：「我第一眼看見你時，就覺得有哪兒不對勁。後來才想起來，你明明在太陽底下，可是水面上卻沒有你的倒影。大家都知道，人魚跟人類不一樣，是沒有影子的。我猜你一定是人魚。」

人魚小孩從來都不知道，自己跟人類還有這點不同。他問露兒：「妳早知道我是人魚了，難道一點都不害怕，也不討厭我嗎？」

「有什麼好害怕跟討厭的。我可不是膽小鬼！」露兒驕傲的翹起下巴說：「事實上我很高興，因為我一直想認識一個男的人魚小孩。你知道嗎？我最喜歡『人魚公主』的故事了。」

「我也是耶！」人魚小孩叫出來。

「你真有意思！」露兒大笑說：「我想我可能會喜歡你喔！」人魚小孩羞紅了臉，他沒想到像露兒這樣的人類女孩，說話這麼大方。

「那我們約定，每個月的今天都在這裡見面好嗎？」露兒提議說：「你喜歡聽故事嗎？我有很多陸地上的故事可以告訴你，你也可以跟我講許多海洋的故事。」

「一言為定！」人魚小孩開心答應：「還有，我來海邊時會小心一點，不讓其他人類發現。」

他在海面上作了幾個漂亮的「魚」躍，魚尾巴在陽光和波浪間閃閃發亮。

回家途中，他滿腦子想：

「露兒漂亮、聰明，又勇敢。我要趕快長大，將來娶

露兒當我的新娘子。」

以後，他們真的每個月見一次面，這件事持續了很多年，一直到露兒結婚嫁去外地為止。

你或許會說，露兒嫁給別人了，那人魚小孩不就失戀了嗎？其實也沒有啦，因為長大後的人魚小孩（他成了人魚先生），娶了一位漂亮的人魚太太，生了很多人魚小孩。

空閒時，他喜歡跟人魚孩子們講自己的初戀故事。

「我的初戀對象，可是一個人類的女孩喔……」他的起頭總是這樣說的。

柿子樹

新家後面的空地上，長著一棵柿子樹。小光非常高興。

「一、二、三、四、五、六、七，七顆柿子。」小光數著樹上的青柿子說：「通通都是我的。」

「才不是你的呢！」柿子樹很不高興的說：「我長的柿子是我自己的，不給其他人。」

「連一顆都不給嗎？」小光抱著一點希望問。

「不給。」

柿子樹堅決的拒絕。小光失望的走回屋裡去。

其實，柿子樹並不是真的那麼小氣，只是，它一直在等一個人。等什麼人呢？

說來，那是很久以前的事了，不過對柿子樹的感覺來說，卻好像是昨天才發生的。那時候，柿子樹還不是柿子樹，只是一顆紅柿子裡的柿子籽。有一個剛學會走路的小男孩，吃完紅柿子後，將種子丟在地上。那粒種子在土裡慢慢長大，經過了很多年，就變成現在這棵柿子樹。

「他是我的主人，我結的所有柿子都是他的。」柿子樹常常這樣想。這是它心裡最大的祕密。

「可是，為什麼我一直等不到他呢？」柿子樹多麼想再見到那個穿藍上衣、藍短褲，走路搖搖晃晃，嘴邊沾滿紅柿子泥的小男孩。

第二天，小光又來了。

「我不是來跟你要柿子的。」小光解釋：「我只想看看柿子紅了沒有？」

「還早呢，傻瓜。」柿子樹不客氣的回答。

「你喜歡聽故事嗎？」小光問：「想不想聽我今天在學校裡學到的故事？」

柿子樹沒拒絕，所以小光講了一個「麻雀偷吃稻穀」的故事。這是學校老師說的。

柿子樹聽完以後，大聲罵麻雀：「偷吃稻穀的麻雀真可惡。哼！我絕不會讓任何野鳥偷吃我的柿子。」

「這只是故事嘛！」小光說：「不過，我想你會好好保護你的柿子的。時間不早，我該回家了。再見！」

但是柿子樹並沒有回答「再見」。

第三天，小光再來。他唱一首新學會的「蝸牛歌」給柿子樹聽。

「我知道什麼是蝸牛。」柿子樹打斷小光的歌唱說：「一到晚上，他們老往我樹幹上爬，好像我身上多好玩似的。」

「真的？」小光瞪大眼睛說：「你一定覺得很癢吧？」

「這不算什麼啦！」柿子樹得意洋洋說。

當小光要回家時，這次柿子樹問他：「明天你還來嗎？」

「應該會吧！」小光回答。

「無所謂！」柿子樹假裝不在乎的說。

很長的一段日子過去了，小光幾乎每天都來看柿子樹。而柿子樹上的七顆青柿子，也漸漸轉紅了。

有一天小光來時，發現樹上少了兩顆柿子。

「發生什麼事了？」他問。

「今天來了一對可惡的鷺鷥夫婦。」柿子樹非常生氣說：「他們偷吃我的柿子。真卑鄙！簡直跟強盜沒兩樣。」

「可憐的柿子樹。」小光同情的說：「原來，你的柿子對你這麼重要。」

又過了幾天，颱風來了。小光站在窗口邊，擔心的看著外頭的柿子樹。柿子樹在風雨中不斷搖擺、發抖。

「你還在看那棵柿子樹啊？」爸爸走過來問道。

小光點點頭。

「這麼喜歡吃柿子的話，請媽媽上市場買就好了。」爸爸說：「記得嗎？你從小就愛吃柿子，那時候才剛學會走路呢，有一次，一口氣吃掉整顆大柿子，就在那兒——」爸爸伸長手指著屋後說：「在那附近吃的……」

「咦，我小時候來過這裡呀？」小光驚訝的問。

「常常來呀！爸爸的好朋友高叔叔以前就住隔壁，你那時候好小，還不滿兩歲呢！我們常帶你過來玩。」

「我現在已經十歲了。」小光說。

颱風過後，小光急著去看柿子樹。他發現樹下掉了四顆紅柿子，都摔

爛了。

「你一定很難過吧？」小光不知道該如何安慰柿子樹。

「我已經盡全力，只保住一顆柿子。」柿子樹回答。一陣風吹來，柿子樹葉子上的雨水滴滴答答落下，彷彿柿子樹的眼淚。

「我考慮過了，決定將最後這顆柿子送給你。」柿子樹說。

「真的？可是……」小光又驚又喜。

又一陣風吹來，樹上的最後一顆柿子像跳舞似的、打了一個旋兒落下，正好被小光接住。

「我喜歡你這個朋友。」柿子樹說：「所以送你這樣的禮物。」

「謝謝你！」小光開心的說。

柿子樹不知道他一直在等待的小男孩是小光，而小光也不知道柿子樹一直等著他。但是這不重要，重要的是現在，他們彼此都深深喜歡著對方。

賴曉珍寫作年表

出版日期	內容	出版社
1992年	人魚小孩的初戀故事（短篇童話集）	民生報社
1992年	老鷹帶小雞（童話）	台灣省第五屆兒童文學創作獎專集
1995年	大石頭的胳肢窩（短篇童話集）	民生報社
1997年	摩登烏龍怪鎮（童話）	民生報社
1999年	家住愛丁堡（生活遊記）	民生報社
2000年	兔子比一比（短篇童話集）	民生報社
2001年	幸運的小布（童話）	國語日報社第四屆牧笛獎童話合集《變身小鬼》
2003年	銀線星星（短篇童話集）	民生報社
2005年	飛天豬vs.洗狗人（短篇童話集）	文經社
2005年	貴豬大飯店（童話）	天衛文化出版
2006年	老爺電車怪客多（童話集）	小兵出版社
2006年	泡芙酷女生（兒童小說）	小兵出版社
2006年	泡芙與貓共舞（兒童小說）	小兵出版社
2007年	母雞孵出大恐龍（童話）	東方出版社
2007年	這個城裡沒有天使（童話）	國語日報社第七屆牧笛獎童話合集《我的大海，我愛你！》
2009年	貓的內衣店（童話）	天衛文化出版
2009年	花漾羅莉塔（少兒小說）	九歌出版社
2009年	月夜的竹筏（童話）	國語日報精選童話《童話印刷機》
2009年	狐狸的錢袋（童話）	天下遠見出版社（小天下）
2010年	太陽公公的獨輪車（童話）	小兵出版社
2011年	小小猴找朋友（童話）	天下遠見出版社（小天下）
2011年	鱷魚帶我上太空（童話）	小兵出版社
2011年	飄盪在空氣中的，貓的救援（童話兩篇）	國語日報精選童話《祕密不見了》
2011年	魔法紅木鞋（童話）	天下遠見出版社（小天下）
2011年	燭火小精靈（童話）	小熊出版社

賴曉珍得獎記錄

日期	內容	獎項
1990年	不能開花的鳳凰木（童話）	第十七屆洪建全兒童文學獎童話優等獎
1992年	人魚小孩的初戀故事（童話集）	一九九二年「好書大家讀」活動推薦好書
1992年	老鷹帶小雞（童話）	第五屆省教育廳兒童文學佳作獎
1993年	老神木面具（童話）	中時主辦之「尋找老樹」徵文活動童話獎
1993年	看電影不必付錢（童話）	北京「兒童文學」創刊三十週年徵文童話組佳作獎
1994年	保險箱的秘密（童話）	民生報、昆明春城少兒故事報合辦童話徵文佳作獎
1995年	大石頭的胳肢窩（童話集）	一九九五年「好書大家讀」年度最佳童話創作優選獎
1997年	摩登烏龍怪鎮（童話）	一九九七年「好書大家讀」年度最佳創作童話獎
1998年	超級河馬大偵探（童話）	上海「童話報」一九九八年金翅獎
2001年	兔子比一比（童話集）	民國九十年金鼎獎優良圖書出版推薦獎
2001年	幸運的小布（童話）	第四屆國語日報兒童文學牧笛獎第三名
2003年	銀線星星（童話集）	二OO三年「好書大家讀」活動推薦好書
2005年	飛天豬vs.洗狗人（童話集）	二OO五年「好書大家讀」年度最佳少年兒童讀物獎 入圍民國九十五年金鼎獎圖書類
2006年	泡芙與貓共舞（兒童小說）	二OO六年「好書大家讀」活動推薦好書
2007年	這個城裡沒有天使（童話）	第七屆國語日報兒童文學牧笛獎佳作
2008年	給悲傷孩子的童話系列	國藝會創作補助獎
2009年	花漾羅莉塔（少兒小說）	第十七屆九歌現代少兒文學獎特別獎
2009年	狐狸的錢袋（童話）	二OO九年「好書大家讀」年度最佳少年兒童讀物獎 入圍第34屆金鼎獎圖書類兒童及少年圖書獎
2010年	狐狸的錢袋（童話）	二O一O開卷年度最佳童書獎

童話館

銀線星星

2011年11月初版　　定價：新臺幣160元

著　　者　賴曉珍
繪　　圖　吳知娟
發行人　林載爵

出版者　聯經出版事業股份有限公司
地　　址　台北市基隆路一段180號4樓
編輯部地址　台北市基隆路一段180號4樓
叢書主編電話　(02)87876242轉213
台北忠孝門市：台北市忠孝東路四段561號1樓
電　　話：(02)27683708
台北新生門市：台北市新生南路三段94號
電　　話：(02)23620308
台中分公司：台中市健行路321號
暨門市電話：(04)22371234ext.5
郵政劃撥帳戶第0100559-3號
郵撥電話：27683708
印刷者　世和印製企業有限公司
總經銷　聯合發行股份有限公司
發行所：台北縣新店市寶橋路235巷6弄6號2樓
電　　話：(02)29178022

叢書主編　黃惠鈴
編　　輯　張倍菁
校　　對　陳玫甄
美　　編　劉錦堂

行政院新聞局出版事業登記證局版臺業字第0130號

本書如有缺頁，破損，倒裝請寄回聯經忠孝門市更換。　ISBN 978-957-08-3914-2 (平裝)
聯經網址：www.linkingbooks.com.tw
電子信箱：linking@udngroup.com

國家圖書館出版品預行編目資料

銀線星星/賴曉珍著．吳知娟繪圖．初版．
初版．臺北市．聯經．2011年11月（民100年）．
136面．14.8×21公分（童話館）

ISBN 978-957-08-3914-2（平裝）

859.6 100021074